천년의
시 0153

첫사랑

천년의시 0153

첫사랑

1판 1쇄 펴낸날 2024년 2월 1일
지은이 홍병구
펴낸이 이재무
기획위원 김춘식, 유성호, 이형권, 임지연, 차성환, 홍용희
책임편집 박예솔
편집디자인 민성돈, 김지웅, 정영아
펴낸곳 (주)천년의시작
등록번호 제301-2012-033호
등록일자 2006년 1월 10일
주소 (03132) 서울시 종로구 삼일대로32길 36 운현신화타워 502호
전화 02-723-8668
팩스 02-723-8630
블로그 blog.naver.com/poemsijak
이메일 poemsijak@hanmail.net

홍병구ⓒ, 2024, printed in Seoul, Korea

ISBN 978-89-6021-753-9
      978-89-6021-105-6 04810(세트)

값 11,000원

첫사랑

홍 병 구 시 집

천년의시작

시인의 말

줄 맞춰 살아온 길

돌부리 치워 가며
살기보다

그냥 있는 길
그대로
줄 벗어나
자유롭게

남은 청춘을
걸어가
보겠습니다

늙음을
뚫고 나오는
새싹처럼

묵은 향기를 씌워
꽃을 향해

시작의 걸음을
내디뎌 봅니다

* 선친의 호인 푸를 벽碧, 마을 촌村, 벽촌을 제가 푸른 별 시인
이어서 가족들 허락하에 물려받이 쓰고 있습니다.

차 례

시인의 말

제1부 설렘에 포옹하고 그리움에 입 맞추다

제2부 내 몸에 향기를 입히다

제3부 추억은 곧 행복이다

제1부 설렘에 포옹하고 그리움에 입 맞추다

첫사랑

첫사랑은 시작되었다

환갑의 나이가
애타게 부르는
욕망의 불씨를 지폈다

목마름은 바람 되어
미친 듯이 타오르고

나의 남은 열정을
남김없이 태울 것이다

점 하나
물음표 하나까지도
태워
밑거름 깔고서

모든 학문의 씨앗을
터뜨려
꽃피우고 말 것이다

\>

향기는 내 온몸을 두르고
돌아서

풀밭의 푸르른 풀로

꽃밭의 앙증맞은
이파리로

숲을 대표하는 나무로

때론 구름 속의
슬픈 눈물로

어느 땐 함박웃음으로

가끔은 무색무취의
수줍은 향기로

첫사랑에
빠져 묻히고 싶다

\>

방향도 필요 없다
길을 잃어도 좋다

가던 마음 잊지 않고
가기만을
온 마음으로 바라 본다

지팡이

아내의
따듯한 온기는 없지만

온전히 나를 떠받치며
올곧음을 응원하네

제 한 몸도
홀로 서지 못하면서

난 두 발인데……

집 나간 갈비

집 나간 갈비는 언제 오려나

살집 불려서 푸근하게 오려나

살집 빼서 봄바람 타고 오려나

소매치기 손이라도 스을쩍 타고 오려나

버선이 선을 만나며

밀가루 속을 뚫고
나온 듯한 하얀 몸짓이

눈을 찌를 듯한
코가
나와 마주치며

서서히 눈에 들어올 듯
다가온다

손은 소매를 타고
손가락은
바람을 잡을 듯

휘돌아 가며
곱디고운 선이 그어진다

시선과
그어진 선은
돌아오는 선들과

만날 듯 헤어지며

날갯짓의 춤으로
선을 긋는다
아름다운 곡선을
버선코에 얹혀

다가오는 안개비의
소리 속으로

봉숭아에 비친 아버지 모습

안마당 깨진
벽돌 화단 경계에는

봉선화 붓꽃
맨드라미 샐비어
꽃들이 질서 없이
그냥 예쁘게 피어 있네요

키 작은 채송화는
귀엽게도 나란히 키 재기 하듯
줄 서 있고

놀다 지쳐
샐비어 꽃 하나 뽑아
쪽쪽 빨면
단물이 나오는
어릴 적 설탕물 맛이

지금도
무의식중에

추억으로 빨다 보니

아침마다 화단 꽃밭에
물 주시던
아버지의 뒷모습이

봉숭아 물 들이던
손톱들이
하얀 붕대에 번진
색깔마저 예뻐서

아버지는 쑥스러워
새끼손가락에만 물들이던
귀여운 아빠의 추억이 겹쳐지며

마루 위에 앉아서
한 장 한 장 들춰 봅니다

차곡차곡 쌓여 있던
추억 속 상면들을

바람은 또 그렇게

아내와 앉아
쉬게 해 주세요

얘기 나눌 때
봄바람 꽃바람으로

향기 나는 얘기로
웃게 해 주시고

싱그러운 바람으로
고민은 날려 주고

어깨를 토닥이는
정 담은 바람으로
걸어갈 때

꼭 잡은 손
땀 차지 않게
살랑살랑 불어 주시고

>
춘풍은 청춘에게

훈풍은
지금에게 필요할 때
불어 주는
맞춤 바람 되어 주시고

옛 생각 나게 하는
추억 바람으로

한겨울 흰 눈처럼
휘날리게 하셔서
꼬옥 껴안고
사랑에 열정 더하게 하시고

꽁꽁 언 대지에
생기와 생동으로

이른 봄
찾아온 새싹에게노

고개 내밀게
애정 듬뿍 담아
불어 주세요

지치지 않게
향기 머금은
인생 바람으로

비는

운다
또 운다
하염없이 운다
슬픔을 덮어 주고
눈물을 감출 때까지

내린다
또 내린다
줄기차게 내린다
대나무의 어린 시절
죽순이 자라기까지

흐른다
또 흐른다
닿기까지 흐른다
꽃잎의 목마름에
흘러내릴 때까지

이슬비
사랑비로

내가 가진 것에
갖고 싶은 마음에
스며들고 젖어 들 때까지

슬픔을
외로움을
온갖 고통들을
소나기로 장대비로
쓸려 내려갈 때까지

텅 빈 속
깊은 곳까지
채워질 그날을
폭풍으로 태풍으로
차고 넘칠 때까지

우기로
장맛비로
목표 잃은 방황을
감춰진 절망과 좌절을

모두 데려갈 그날까지

그들을
희망들을
꿈 가득 찬 빛을
꿈꾸는 무지갯빛을
가득 채워질 그때까지

첫눈 되어 가리고

첫사랑이 오던 날 오후
함께 오던 어린 날의
햇살은

뙤약볕 되어
계절을 뛰어넘고
땅을 식히고
덮고 있던 낙엽을 한 줌
흙으로 돌려보내고

하늘은 얼굴빛을
바꿔
풋풋한 첫사랑을
묻고

천장의 분홍빛
편지를 덮고

회색빛
마음도 도시도 세상도

하얀색으로
밝은 빛으로
첫눈 되어 가리고

꿈속에서마저
잃어버릴까 봐
길을 만들어 가슴
한편에
뽀드득뽀드득

삶에 거저란 없다

한 짐을 얹고 사는 우리는
두 짐을 지고서야 가벼움을 알게 된다

나아갈수록
무거워지는 세월을 견디며 살아간다

깊이 있는 삶은
또 다른 고통이자 희열이다

훑고 지나가는 삶은
시간을 선물받고

깊고 넓게 가는 삶은
시간을 빼앗고 풍요를
선물받는다

그냥은 없다
거저도 없다
댓가 없는 열매는
썩고 없다

>

부단한 노력의 결과물이

찾고 있는

인생의 답이 아닐까

보지 못하고 봄의 선에서

꽃은 수줍게 피어나
얼굴을 보이고
새싹만 남겨 둔 채

사람들의 가슴에
파고듭니다

심장과 함께 콩당 콩당
뛰어놀다
눈을 감습니다

꽃잎이 짓밟히는 걸
차마 볼 수 없어
눈을 꼭 감은 채
저 너머
겨울 속으로
떠나갑니다

언 땅에
풀이 돋아나고

언덕을 넘어
따듯한 바람을
기다리며

깨어날 얼굴에
미소와 보조개를 달고

웅크린 채로
봄의 선에서

무지개야 친구에게

친구가 보내 준
명사십리 밤바다의
파도 소리가
너무도 슬프고 애처롭다

하늘이 알까 봐
비 오는 날에 기대
구슬피 우는 걸 보니
할 말이 참 많은가 보다

울고 싶은 마음을 알기에
먹구름도
파도도
함께 울어 주는 걸 보니

친구도 이제는
눈물 없는
웃는 세상에서
살았으면 좋겠다

\>

무지개야

친구 곁에 있어 주렴

부탁이야

다시 찾은 청춘

젊음에 합승하고 싶다

입고 살아온 시간이
눌어붙은
묵은 세월을

봄꽃 향기 가득한
비누에 비벼지고
비틀리고
두들겨 맞으며

숨가쁜 손길에 빨아져
바지랑대 빨랫줄 위에
탈탈 털려 널어지고

어둠에 떠밀려
터져 나온 햇살에

색깔을 되찾고
지나는 바람에

향기를 넘겨 받아
개운해진 기억에 소환된다

봄을 찾은 옷으로
갈아입고
청춘을 걸어간다

가자
또 한 번의 젊음을 불사르러

고목의 꽃

꽃으로 산다는 건 보는 이의 눈 속에서
새까만 눈동자에 들어앉아 피다 보니
눈꺼풀 내려앉을까 가슴 조린 생이기도

화려한 색깔 입고 하루 살다 지는 생도
햇살에 비추기도 달빛에 뽐내기도
고목의 괭이 옆에서 수줍게 피어나기도

얼굴에 피어나서 살아온 삶 내보이고
꽃이 아닌 버섯으로 꽃인데 저승꽃으로
세월이 묻어 나오는 주름 위에 피우기도

기억의 향기

찻집 서까래에
차 향기 피어오르고

고목은 향기 품고
시간을 거슬러 내려앉네

기억 속으로
시간 속으로

손에 닿는 찻잔 위로

늘희망* 내 곁에서

먼 하늘만 보고 산 지 오래다

머리 위 하늘은
늘 나를 외면하고
토라져

모자 차양 밑에 가려져
끊긴 대화는
길을 잃었지만

풀밭에 눕고
모래사장에 누워 보는
찡그려지는
쨍쨍한 하늘도 좋다

내 곁에서
환하게 웃고 인사하는
늘희망이라는
벗이 있어 더 좋다

\>

길 한복판에
쓰러져 가물거리는
하늘도
늘희망이 있어

그럼에도
살 만한 세상이라 더 더 좋다

* 늘희망: 성이 늘 이름이 희망.

잡으러 가자

내 인생에 낙서한 너
누구냐

얼룩진 삶이냐
메말라 비틀어진 정이냐

눈멀고
귀먹어
불구 된 양심이냐

보고도 모른 체
돌아서는 외면이더냐

슬프고 또 슬프다

가자
이 모든 게 키워지던
그 시절을 잡으러 가자

배려와 나눔으로

세상을 도배하고
예의와 염치를 알고
다함에
올바르게 설 수 있도록

사랑과 봉사를
말뚝 박으러

제2부 내 몸에 향기를 입히다

장미에 핀 연심

이슬 적셔 벌어지니

지난겨울
저리도록 애는 바람
여린 몸에 품어 내고

불같이 타는 태양
손 받아 붉은 입술로

불어오는 봄 향기
가시 받아 붉은 혀에
가득 채우고

꽃향기 바람 태워
가슴에 털어 내니

향기 묻어 취한 사랑
헤어날 줄 모르네

가시에 가린 꽃잎

세상이 아는 탱자나무는
가시 찔려 아픈 기억과

담으로 만든
가시 틈 속으로
뚫어 놓은
개구멍을 드나들던

어린 시절의 추억 속에
꽃은 없었다

세상은 이렇듯
보이는 대로
보고 싶은 것만 보고
살아간다

꽃의 아름다움을
모른 체로

연초록의 앙증맞은
이파리에

노란 꽃밥
하얀 다섯 잎

여백이 주는
가녀린 꽃잎

바람 불면
돌고 돌아
향기를 뿜어낼 것 같은
바람개비 닮은 꽃잎이

가시에 가려
보이지 않았던

이제는 볼 수 있는
추억을
돌려 앉힌 지금이 좋다

이쁘면 이쁜
그대로를 볼 수 있어

이파리 눈을 만나다

꽃처럼 피어나길 바란 적 없다

두꺼운 껍질 속에서
설렘에 방망이질 치는
기다림이 좋고

꽃망울을 터트리기 전
향기를 내 몸 안에
온전히 품고 있는 게 좋다

나의 향기에 취해 사는 게 너무 좋다

그럼에도
난 이파리이고픈
맘뿐이다

꽃잎은 떨어져 밟혀도
비명도 지르지 못한다

이파리는 새싹으로

사랑받다
낙엽 되어 떨어질 때도

연인들과 놀아나고
바람과 노래부르며

겨울을 만나기도
눈을 맞아 보기도

홍가시나무

거칠고 두터운 껍질을
깨고
세상에 나오는

파릇파릇한 새싹들이
내 마음을 훔치고

푸르고 붉은 꽃 담은
설렘에 나를 띄우네

피어오르는 꽃은
무슨 한이 그리 많아
핏빛으로 태어날까

누구의 침범도
허락지 않는
가시를 방패로
몸에 두르고

푸른 잎 위로

꽃인 듯
꽃 같은

아름다운 붉은 잎이
내 눈을 가리고
내 마음에 파고드네

빠알간 꽃잎으로

애처로운 꽃무릇

단 한 번도 보지 못한
알 수 없는 아련함에

가녀린 한 줄기 이파리
가고 없는
연초록 꽃대 하나

몸이나 가눌까
애처로움에 올라 앉아
붉은 날개 피워 내고
떠나간 님
목메게 불러 본다

부르던 님 보고파서
내 살 한 점 꽃잎 하나
살며시 떨구어 놓고

미처 가지 못한
애처로운 영혼에
살결 부벼 위로하고

\>

보고픈 마음 다독이고
간직한 마음 쓰다듬어
그대 품속으로 파고든다

가슴 철렁이는 유혹

빠르게 달리는
바퀴의 거친 숨으로

꽃잎은 바람 되어
창문 틈에 걸터앉아

내 맘을 유혹하듯
설레게 하네

비단처럼 고운 살결로
허벅지에 내려 앉을까

가슴이 철렁하며
운전대를 꽉 잡네

허~ 참 거……

제3부 추억은 곧 행복이다

비빔밥에 두부젓국

오늘은 비빔밥이 먹고 싶다

근심이 늘어진 열무 가닥을
쫑쫑 썰어 넣고
세상에 가득 찬 불만을
살짝 데쳐 넣고

백이와 숙제의
절개 가득한 고사리도
조금 넣고

인생 매운맛
고추장 한 스푼에
써니사이드업 닮은 해를
터지지 않도록 얹어 놓고

마지막 나의 잘생김을
부셔 넣고 비비면
인생 비빔밥 되고

>
간이 필요 없는
새우 뛰노는 바닷물에

다시는 죄짓지 말라는
두부 썰어 넣고

굴속에 살고 있는
토끼 얼굴보다 뽀얀
굴 넣으면
두부젓국 되어

비빔밥과 함께 집 나간
입맛 붙잡아
살 오르는 소리 들려주네

중국 황제 1,088첩의
밥상을 비웃으며
보름달 방아 찧던 달 토끼네

방앗잎 얻어 와

한 쌈 가득 싸니
세상이 한 입 거리로
입 속에 들어오네

들어 있는 재료를
하나하나 음미하며
곱씹어 보네

먼지가 행복해하는 것

먼지의 부탁 받아
사는 생도 있고
먼지와 함께 사는
이들도 있다

그가 앉았다고 해서
오랜 시간을
견뎌 낸 것이라 말할 수 없고

없다고 해서
세월이 적다고 말할 수 없다

그는 보이지도,
보여도

누군가의 관심을
끌려는 것도 아니다

묵묵히 그냥 나로
사는 것일 뿐

\>

거미도 집을 짓고
그와 사는 게 좋고

갖가지 책들과
씨름하는 것도 즐기고

창틀에 앉아서
보이는 풍경 속에
나를 끼워 넣기를 반복하며
행복해한다

사람들은 알지 못하지만

후회보다는 그리움으로

아등바등 치열했던
시간들을 어디에 놓을까

책꽂이에 꽂아 놓을까
서랍에 채워 넣을까

아님 비워서 숨을 쉴 수 있게
화병 옆에 놔둘까
고민 고민하다

아름다운 지난날을
숨차게 달려온 흔적들을

문방구의 판박이로 문질러
기억에 새겨 본다
지울 수 없는 문신처럼

촌스럽지만
가장 화려한 오늘의 나를
앨범에 붙여 날을 적어 본다

>
날카롭지 않은 날을
추억의 따듯한 날을

훗날 쑥스럽지만
자랑스러워하며
돌아가고 싶어 돌리는 영사기처럼

하나둘 먹어 가던 빛을 토해 낸다
기억과 함께
흰 천 위에
커튼 위에
하얀 이불 위에도

삐딱한 선에 매달린 홍시

푸른 하늘에
삐딱한 선을 그어 놓고

선에 걸린
포장 안 된 구름 낱개들이

여기저기 걸쳐 있고
시집갈 준비하는
감들은 신랑감 떠올리며

붉어진 얼굴로 돌아 앉아
꽃가마 기다리네

아버지는 장대 들고
더벅머리 총각들을 쫓느라 정신이 없고

엄마는 행여 바닥에 떨어질까
행주치마 펼쳐 놓고
하늘만 쳐다보네

\>

가을 하늘에

그림 같은 홍시가

다홍치마 입고서

꽃가마 타고 시집을 가네

말 없는 벽지의 심장

벽지는 늘 말이 없다
몸을 뚫고 못이 박혀

시계가 걸릴 때도
째깍거리는
소리를 듣고만 있을 뿐
커튼이 가리워져
햇빛과의 교감을 막을 때도
그저 묵묵히 버틸 뿐

어느 날
내게 그려진 그림 하나가
날 설레게 했어요
어린아이 키를 재는
눈금이 그려졌어요

아이들이 내 몸에
그림을 그리고
낙서를 할 수 있어
나와 교감하며

놀 수 있다는 생각에
맥박은 미친 듯이
심장은 터질 듯이 뛰었어요

뛰는 가슴을 진정시키며
안고 살아가던
습기와 곰팡이를 놓아줍니다

아이들이 놀 수 있는
쾌적한 환경을 위해

시대의 아픔을 딛고
다시 돌아온 아이들의
웃음소리를 듣기 위해

찾아온 빗방울과

구름 낀 하늘이
애기할 동무 찾아

먹구름 불러 빗방울로
우리 집 유리창에 찾아오네

빗방울은 부서지지 않고
돌아가며
방울방울 애기하며
흘러내리네

습기 찬 내 방 창에 입김 불어
가려진 안개 사이로
글을 써서 애기 나누네

오랜 동무를 만난 기쁨에도
행여 부서질까 봐
좋아서 울다 지칠까 봐

어르고 달래 가며

소곤소곤 도란도란

맞장구치고
손 마주쳐 가며
날이 새도록
애기꽃을 피우네

점심도 저녁도
먹고 간다 하니
입가에 미소가
떠날 줄을 모르네

횡단보도

피아노 건반 위에
하얀 건반만
띄엄띄엄 깔려 있어
손가락 닿지 않아
발로 연주를 한다

차임벨 소리와
외계인 같은 녹색 눈은
나를 쳐다보고

한 건반 한 건반씩
빠르지 않게 차분히
비틀즈가 건너던 모습으로
가볍게 밟으며 오라고

메트로놈을 켜 두어
뛰지 않고 박자를 조절하여
연주를 완성시키네

불타는 괴물 오기 전에

공연을 마치고
무사히 손 흔들며
커튼콜도 받지 않고
집으로 향합니다

오늘도 무사히 기다리는
가족들 품으로

모퉁이에서도

벽과 벽 사이
건물과 건물 사이

숨었다가 돌아오는지
시간을 타고 오는지

한여름 동굴 속
냉장고 바람처럼

흘린 땀 식혀 주는
여름 탄광의
서늘한 바람처럼

식어 가는 땀 냄새에
꽃잎 향기 묻혀서
목덜미에
슬그머니 휘돌아 주고

깁스로 목발 짚고
가시는 님

겨드랑이 속으로
자주 못 갈아 살 물러진
아이의 기저귀 속으로

파지 가득 싣고
리어카 끄시는
어르신의
땀 흘리는 이마에도

사이 바람 택배 불러
바람 보내니

도착한 바람은
고슬고슬해지고
뽀송뽀송해질 때까지

돌고 또 돌다
한기 들기 전에
필요한 곳 찾아
배달을 띠니네

>
참 고마운 바람
시원함과 향기로움을 전하려
어디에나 어디서든
도시의 한 모퉁이에서도

가지각색의 꿈을 꾸던 그곳

하루의 해가
넘어갈 즈음에 걸렸다
친구가 나를 부른다

멀리하려 해도
어느 틈에 다가와 기다린다

고단한 하루가 녹아나고
거품 속에 내일이 부풀 것처럼

목젖의 애잔한 목마름이
문전에서 동동거리며

막걸리 한잔에
시와 인생을
안주 삼아 줄 지인과
마주치길 바라는
천상병 시인

술을 사랑한 빅인환 시인

가수 나애심
명동백작 소설가 이봉구

단골 덕에
봉구 주점으로 불리기도 했던
'은성' 대포집

최불암 모친께서
영화 제작하던
낭군님 보내고서 운영하던
예술인들의 사랑방

수많은 사연들과
가지각색 꿈들을
대포 한잔에 잊기도
이루기도 하는
마법 같은 시간 되어

추억거리
안주거리로 합석해서

사람들의 입방아에
오르내려 본다

그리운 옛 시절
꿈꾸던 하루하루를
막걸리 한잔에
혼탁한 세상을 섞어서
들이켜 본다

끄어~억 트림은 나오고

이제 편안해져
먼 훗날의 내가 되어 간다
멋진 나로

자연의 이유 있음에

물 빠진 청바지
색깔 입히러 마실 나간

구름 몰래
쪽빛에 담가 놓고
기다리다가 깜빡 졸아

콧물 방울
떨어뜨려 쫓겨났다네

쪽빛 하늘 세수하고
구름 불러 단장을 하고

빛바랜 청바지
받지 말라 으름장 놓네

속상한 구름 눈물
떨어진 바닷물에
간을 입히니

>
뜨거운 뙤약볕에
상하지 않게

절여 주는
자연의 섭리에는

하나하나 이유 있음에

고마운 눈물로
답을 대신하네

또 보자 여름아

여름 위로
올라타는 봄

나들이를 끝내고
아지랑이만 남겨 둔 채

꽃과 향기를
배낭에 담고서

행글라이더 타고 날듯
바람을
타고 날아오른다

쏘아보는 햇살을
정면으로 마주 보며

태양 속으로
나를 던져
여름을 떠나
강렬한 빛으로

숨어든다

배낭 속
꽃과 향기를
싱그러움을 메고
뒤돌아 보며

다시 보자 여름아
또 보자 여름아

흐린 기억 속으로

뭉그적대는
봄을 보내려
야속한 여름이
장마를 불러오네

새싹들
키워 내던
엄마 젖 봄비도
울면서 떠나가고

풋풋했던 싱그러움
날
속에 묻히고

향기 품은 바람과
떠나려 하네

떨어지지 않는
발걸음 한 발짝이

\>

여름 부른
아지랑이 속으로
미련만 남겨 두고
아스라이 멀어져 가네

아른거리는
기억 속으로

무뎌진 날을

무뎌진 하루의
날을
갈아 본다

마당 한편 작두샘에서
어제를 발밑에 두고
반성으로 갈고
또 다른 스케줄로
갈아 본다

땀과 눈물을
묻혀 가며
안일함과 나태함의
무뎌진 날이

서슬 퍼런 날로
뒤돌아보지 않을
올바른 결단으로
설 때까지
갈고 또 갈아 본다

\>

주저를 베고
뚝뚝 떨어지는
후회를 씻어 내고
해가 뜨는 동쪽으로
날을 들어 본다

날 선 빛이
길을 비출 때까지

나의 여행이 곧 인생 여행

자연이
키워 자란 내가

푸르름으로
숲을 지키던 내가

베어지고 쪼개짐에도
또 하나의 생이었다

날에 닿는 감촉을
즐기는 살벌한 쾌감
내리치는 순간

빗나감을 보고 싶은
또 다른 욕망을
뒤로한 채

겨우내 눈보라 속에서도
뒷마당 한편
벽에 기대 지내던 어느 날

>
아궁이와의 뜨거운 만남
용광로가
쇠를 안고 동거하듯
아궁이와의 첫날밤

식어 버린 구들장과
아랫목과의 냉전을
종식시키고

무쇠솥의
살찐 엉덩이를 달궈
땀 흘리며
익힌 쌀밥은

눌어붙은
구수한 누룽지와
석쇠에 껍질 내준
고등어와 함께
행복을 눌러 준다
따듯한 밥상 위에서

\>

풍로의 세찬 바람은
마지막 숨까지도
불사르라 부채질하고

한 줌 재로 승화되어
비로소 고향 땅
그리운 품에 돌아가니

인간의 길고도
짧은 여행이
곧 나의 여행인 것처럼

창밖의 젖은 의자

추월산 건너
과녁바위산에

폭포는
내리지 않고

카페의 통창으로
빗물만
또르르르 흘러내리네

창밖의 의자는
축축히 젖은 몸으로

쓸쓸히
외로움을 달래며

풍경을
외면하고

도리저시 슬피 우네

제4부 달을 눕히고 해를 업고

그리움에 인사하고

그때가 생각나네
사람들은 떠나가도

그때 그 시절은 언제나
그리움으로 남아 있네

하루 종일 인사했던
풀밭은 자라 할미꽃 피워

오랜 인사 고마워
고개 숙이고 들지 않네
부끄럽기도 한가 보다

부끄럼 모르는 뻣뻣한 피는
뿌리째 뽑히니
고개 숙인 할미꽃 무릎 닿겠네

노을 등지고 서다

사람들의 마음에
산이 산다

누구는 절경으로
누군가는 절벽으로

산에 오르는 마음이다

산은
쌓인 돌탑 위로
구름은 달려가고

태양은 여기 저기에
영양 가득한
토사물들을 뿌려 대며

골짜기 구석구석
둘러보다

해먹에 누운 듯

가지 위에
다리 쭉 뻗고 누워
노을이 오기까지
잠을 청하네

다가오는 노을은
노랑부터 검정까지
색색을 그려 놓고

붓의 색을 풀어내듯
하나하나에
여러 마음들을 풀고
산을 내려온다

어둠이 아닌
노을을 타고

눈에 담고 가슴에 그려 넣어

하늘의 빛은
순간순간
캔버스에 그려 놓은

채색이 바뀌면서
수천
수만 장의 그림이
파노라마처럼
스쳐 지나간다

한 폭의 그림으로
담을 수 없으니

눈에 담고
가슴에 그려 넣어

보다 자다
보다 깨다
수없이 반복하다
꺼내어서

나와 함께 걸어 둔다

캔버스 위에

지렁이 흐래를 내보내며

뒷마당에 살고 있는
농부는
손발이 닳아 없어지고

목구멍이 헐도록
먹고 싸고 먹고 싸며
일을 한다

다만 비 오는 날엔
비 맞으며
처마 밑에 떨어지는
낙숫물을 보며
운치를 즐기기도

때론
땅도 세월도
마음도
파이는 가슴 아픔도

가끔 답답함에

뒷마당에서
안마당으로
마실을 다니며
속을 달래기도 하구요

분변토는
유기농 상추로 키워
싸 먹을 고기는 없어도

보리밥에 풋고추에
된장에 마늘까지
얹어 싸 먹으면

비만에
소갈증 걱정 없는
우리 집 기둥의
정력 지킴이로 아내가
서방님 위한
보약 같은
선물인기 봅니디

＞
그래서 뒷마당에
담 넘어 못 보게 키운다네요

시어머니의
시어머니 따라서

그래선지
흙 속의 농부들도
번식력이 엄청 강한가 봅니다

배울 점이 참 많은
요즘 보기 드문 농부입니다

땅을 비옥하게
농작물은 풍성하게
사람은 건강하게

두루 베푸는 지킴이로
오래도록 살아 주기를

흙에서 흙으로

어디에도 있고
어디에도 없어서

방랑벽 있는
바람 같기도 합니다

나무들의 분을
뜰 때는
화장하고 따라가고

바다를 메우러 갈 때는
화장이 떠서
오염시키기에
맨얼굴로 따라나섭니다

멀리 중국에서
넘어오는 황사는
오해를 불러일으키니
짜증나고

>
마스크를 써야 하니
답답해서 참 얄밉네요

우리 집에 살고 있는
곤충도
동물도
씨앗들도
배불리 잘 먹고

저금날 때까지
도와가며 살아가네요

한 살림 나갈 때는
마음 아프지만
그래도
새 세상 살아가는데
도움이 되고 싶네요

어쩌다 아주 가끔은
반려 생물도

지구의 반려인들도
살러 오는데

흙에서 태어났으니
흙 될 준비 하고
왔으면 좋겠네요

모두 함께 살아가는
행복한 곳이니까요

어두움을 외면하고

어둠이 남아 있는
동트기 전 새벽녘

물안개 피어오르는
호숫가에

두려움을 감추고
잠 못 이루는

수풀 속 물고기들

드리워진
수양버들 아래에서

햇볕이 빨리 와 주길
숨죽여 기다린다

어둠은 누군가를
데려가려 하지만

\>

고개 숙여 애써 외면하는
자연의 누구도
데려가지 못하고

홀로 물안개 위로
걷고 또 걷네

쓸쓸한 뒷모습을
남겨 둔 채로

깊은 산속 아지랑이

산속에서 피어 오르는
굴뚝 연기

집집마다
장작 위에 솔가지 얹어
가마솥에 솔 향 입힌
고슬고슬한 밥이

끓어 오르는 뜸 물에
쪽파 삼킨 달걀찜이

솥뚜껑 위로 맺힌 물은
또르르 흘러내리고

적사에 들러붙어
살을 태운 고등어가
밥상 위에 자리 잡고
우리 가족 입맛으로
숟가락 젓가락이
정신 없이 드나들며

>
행복한 저녁 아지랑이는
추억에 솟아나고
구수한 숭늉으로 피어 오른다

청춘이 사라지던 하루

치자 물 들이던 날
하루는

배고픔이 사라지는
마법 같은 날이었다

푸른 밀밭도
청보리밭도
누렁이 황소처럼 변하니

수확과 탈곡으로
집 나간 입맛을

황금 밥알로
입맛을 찾아가고

노란 옥수수는
솥에서
냄새로 꼬이며

\>

누런 이를 드러내고
내 입만 바라보네

길가에 은행잎은
황금 방울 울리면서
가을을 달려가네

청춘이 사라지던
치자 물 들이던 마음

따듯한 풍요의 하루였음을

연꽃에 내보인 연심

꽃잎은
바람의 속삭임에
눈물 고여
파르라니 떨고

떠도는 호숫물은
잉어와 함께 노닐며
간지럼 태우니

물속 잠긴 이파리는
참지 못해
웃음을 터트리네

따스한 햇살은
물살을 어루만져
뿌리마저 수줍어
고개를 파묻으니

구름 속에 감춰 둔
연심 망울

\>

내보일까

터뜨릴까

숲은 그저 숲으로

꼬리 잘린 도마뱀을
본 적이 있는가

울타리도
대문도
허락지 않는
숲속에서

어쩌다 곁가지 하나가
대문일 때도

뱀은 스르륵
도마뱀은 후다닥

똬리 튼 굴속에는
손을 못 넣고
눈치 보는 도마뱀은
잡으려 하네

방문도

창문도
꼬리가 길어도
두고 보면서

내 꼬리는
잡으려 달려드니

세상과 인연 끊고
달아날 수 밖에

숲속의 관심사
끼어들지 마시길

사계 계곡에 누워

시냇물아 계곡아
누가 제일 좋으냐

여름은
재잘재잘 텀벙거리며
뛰노는 아이들의
살갗 내음이 좋고
수박화채 향이 다가와 좋다

가을은
단풍이 거울 보듯
내 몸속에 들어오고
송사리 잡겠다며
피리통에 풀어 놓은
된장 내음에 취해 좋고

겨울은
함박눈에 머리 베고
도란도란 얘기 나눌 수 있는
푹신함이 나를 눕히고

장작 속 군고구마의
탄 냄새가 좋고

봄은
새싹들이 화장시켜 보낸
꽃잎들의 향기에 취해
세수도 못 시키고
그냥 보내는
애잔한 마음에 그냥 좋다
봄이 좋다

다 내 맘 같아서

논에 피는 할미꽃

물 위에 선을 긋고
측량하듯 모를 심고

바둑판에 돌을 놓듯
못줄을 놓네

옆에선 노래로
박자 맞춰 훈수하고

아주머니는 광주리에
새참과 못밥을

아이들은 촐랑촐랑
찌그러진 주전자에
막걸리를

막간에 분장하는
연극배우처럼
목구멍에 분칠하고
땀 흘린 얼굴엔

머드 팩 가득하고

하루 종일 인사하니
계가 필요 없는
풀밭으로 가득 찼네

들판의 노을은
밤하고만 친하니

우리는 해 떠 있는
노을 길 비출 때
논둑길 타고
굴뚝 연기 찾아가네

할미꽃은 언제 피려나

그리움에 추억하고

밭에 사는 농작물은
발자국 소리에
죽순 크듯 자라고

논에 사는 벼들은
농부님 인사받고 자라고

세 들어 살고 있는
우렁이도 물방개도 미꾸라지도
집주인 눈치 보지 않고
맘껏 뛰놀며 살아가네

하지만 말 안 듣는 건넌방
드렁허리는 세도 내지 않고
개구멍은 다 뚫고 다니며
말썽만 피우니

집주인 허구한 날
뚫린 구멍 틀어막느라
정신이 없고

안주인은 데려다 방 빼라고
큰소리치네

시간 지나 모두들 고개 숙이면
세 살던 이들은 모두 떠나가니

쓸쓸하고 허전함에
이들을 기다리는
그리움으로 남는구나

달을 눕히고 해를 업고

벌레 먹여
구멍 뚫린
나뭇잎 앞세워

햇빛 받은 돋보기로
불을 붙이듯

그늘 속 새내기들
깨어나게
입을 맞춰 불러 보네

세월에 박인 굳은살은
추억으로 빼내어서

날로
달로
해로 바꾸어

돋보기 아래 두고
태워 보네

>
싹은 돋고
꽃은 피고

벌 나비는
달을 눕히고

해를 등에 업고
꿀을 나르니

열매는
대롱대롱 열리고
맺히고 달리어

웃음 가득 인사하네

텅 빈 절간의 풍경

스님께서 탁발 가신
법당 안 부처님은
졸고 있는 붉은 방석 앉혀 놓고

법문보다
세상사 이야기를 들려주며
여러 보살님들과
추억에 미소 짓네

신발이 놓여 있던 빈자리에
엎드려 졸고 있는
강아지와 목탁 소리 나지 않는
텅 빈 절간의 처마 밑 물고기는

풍경 소리와 함께
자기도 화장해 달라고
춤을 추며 시위를 하네

세상사는
내 일이 아니라는 듯

세상을 내려다 보며

제5부 파도를 이불 삼아

파도 위에 함께 드러누워

비 맞고 싶은 날 오후

좋은 글귀와
와닿는 음악이

창문에 흐르는 비처럼
내 마음에 촉촉이 흘러내리네

잠시 모든 걸 내려놓고
빠져 보려네
흠뻑 젖어 보려네

그러다 냇물이 강물 되어
흐르듯 타고 바다로 가려네

흐르고 흘러
어느 이름 모를 바위섬 밑
깊이깊이 들어가
솟아나는 해저 샘물
한 바가시 얻어 와

>
짠물에 갈증 난
돌고래도 거북이도
하물며
날다 지친
앨버트로스도

한 모금씩 나눠 먹고
가던 길 가고

돌고래는
나와 함께
파도 베고 드러누워
물장구치고 놀다
잠이 드네

노을이 다가오니
돌고래는
친구 불러 돌아가며
무거운 내 몸 업고 내달려서
창문 앞에 데려다주고 가네

\>

비는 그치고

유리창엔 안개만이 자욱하네

해달의 긴 여정

파도를 베고
물결 위에서 잠을 잔다

죽을 때까지
같은 이불을 덮지 않는 게
유일한 나의 사치다

가끔 찾아오는
높은 베개는
생명을 위협하기도 하지만
유연한 몸으로
대처하기도
때론 잘 타일러서
누르고 산다

식사는 거지처럼
주로 조개나 성게를
주워다 먹는데

나이프나 포크를

사용하지 않고 짱돌로

식탁이 아닌
배 위에 놓고
우아한 식사는
포기하며
거칠게 먹고 산다

때 되면 사랑 나눠
낳은 애는
털이 복슬복슬하고
귀여운 나를 빼다 박았다

배 위는 요람이자
매트이고 놀이터이다

털 속에
물이 들어가면 안 되는
3개월이 지나야
함께 잠수할 수 있어

>
그때까지는
식사 준비할 때
다시마에 잠시 묶어 두고

다시마에게
파도에게
지나가는 해풍에게도
부탁하고 다녀온다

다들 유치원 보모처럼
잘 보살펴 준다

하루하루
시간은 넘어가고

파도를 다스리고 타는 법
돌을 이용해 식사하는 법
성게 가시에 다치지 않게
꺼내 먹는 방법
이성과 관계 없이

손잡고 자는
살아감에 필수적인
모든 걸 배우고서야

또 다른 나로
어른으로서
해야 할 일들을 익혀 가며

어른 되어 감을
흐뭇해하며
보낼 날을 기다려 본다

해풍이
내 뺨을 어루만지고
지나간다
수고했다는 듯이

조금은 배부르다

파도가
얌전히 낮잠을 자고 있다

징글징글했던
사리의 파도는
햇님 때리고
달님 때리다

지치고 피곤해
땀 흘리며 자는 모습은
깨물어 주고 싶은
말썽꾸러기 개구쟁이다

조금 오는 바다는
귀엽고 어여쁘다

복쟁이 삼세기나
물메기보다도

어부들의 생과 사의

갈림길은 여행 떠나고

집에 사는
여우와 토끼는
걱정 없이 배불리 먹고
편히 잠을 잔다

모처럼

한결같은 조용한 몸짓

야엔(밤엔) 별들이
여엔(암초엔) 등대가

길 못 찾고 헤멜까 봐
깜깜한 길
가로등 되어 주고

오다가다
여에 차여 넘어질까
선장 눈을 안내하고

뿌~ 뿌
뱃고동 소리에
한시름을 실어 보내네

지루할 새도 없이
파도와 안부 묻고
바람과 소곤대다

눈 오면 놀아 주고

비 오면 목욕하고
흰옷 입고 빨간 옷 입고

오고 가는 배들에게
인사를 하네

달빛과 놀아나다
햇빛에 딱 걸려서
온몸을 태우고도 좋다고
웃으면서 손을 흔드네

항상 그 자리에서
전봇대처럼

먼바다로의 동경

여물을 써는 날 선 작두는
날을 버리고

한 움큼의 마중물로
밀물을 끌어들인다

밀려드는 파도는
엉덩이를 때리는 듯

찰싹찰싹 소리 내며
재촉하듯 들어오고

바위에 기댄
따개비
고동
거북손 들이

목마름에
마른 침을 삼키며
목 빠지게 기다리고

\>

동네 어귀에서 들리는
사물놀이 패들의 흥으로
어깨를 들썩이게 하듯

밀물은
한껏 들뜬 마음에

선물을 나눠 주며
이야기보따리를
풀어놓는다

소라의 호기심은
해풍의 바람난 얘기도

물고기와 새들
구름과의 동행 여행을
얘기하는
파도의 허세 섞인 입담도

귀가 쫑긋

세워지는 바람으로
키웠으리라

먼바다로의 동경을

그가 쉬는 숨

밀물 때는 숨을 먹고
썰물 때는 숨을 뱉고 산다

때론
먹고 뱉고
살기도
그들만의 사는 방식이다

썰물이 되고서야
보여 주는

인간이 관여할 수 없는
자연의 선물
살아 있는 갯벌을

생명의 젖줄이 오기 전
바쁘게 살아가는
눈알들의 분주함 속에

말설음은 바빠

갯벌에
숨을 불어넣고

사람들은
그들의 숨을
받아먹고 산다

들 때와
날 때의
또 다른 얼굴들

그렇게 돌아가는
바쁜 세상을

밀물로 덮어
여유를 주고

또 다른 생을
붙잡게
사람들의 눈을 가려

보호하지만

또 많은 걸 내어 주고
물고 물리며
서로 돕는 자연 속에서

삶은 대물림의 연으로
이어져 간다
또 그렇게

그늘로 가는 길

해풍을 타고
날으는 기러기

파도의 연주에
몸을 맡기고

기류를 타고
잠시
종이비행기가 되어 본다

현실은 곧바로
발 닿을 길 없는
끝없는 허공 속에서

목을 조이고
타는 듯한 목구멍에
혓바닥을 삼키게 하고

그늘 없는 태양은
살갗을 벗기려

구름 섞인 하늘을 끓이고 있다

날개로 만든
작은 그늘에라도
숨고 싶을 뿐

비행은 이어지고
마음은 이미 고향에 가 있다

물이 있고
숲이 있어

달콤한 그늘에서
기나긴 여정을 추억하며
언제나 그랬듯이

파도에 비틀거리고

엄마의 품을 떠나
절벽에서 몸을 던지는
펭귄처럼

철부지 막내아들
거친 파도에 몸을 던졌다

아버지와 형들이 헤엄치는
슬픈 그곳으로

항해하는 선장의 위엄은
파도에 비틀거리고
거품에 녹아내린다

아버지의 잔소리와
형들의 꾸지람이
해풍에 실려 왔다

뱃고동을 울려 본다
부우웅~~

>
이제는 나의 길이 아닌
우리의 길로 항해를 한다

방파제의 치마폭은
눈물로 젖어 가고

편지는 등대 몰래
돌고래 울음소리에
얹어 보내고

치마폭을 펼쳐 놓고
하나둘 세어 본다

답장보다 돌아올 날을

숨찬 파도

바다에 숨을 맞춰
파도를 탄다

거칠어진 숨이
턱까지 차오르면

파도는 해일되어
치고 올라
구름과 맞닿아
하늘을 이불 삼아
구름 베고 드러누워

바다가 뱉어 냈던
불타는 해를
번개 등에 태우고서

깜깜해진 도시 건물
지붕 위에
걸쳐 놓으라 부탁하고
돌아누워 잠이 드네

파도 그리고 문어의 삶

파도는 소리 되어
가슴을 때리고

진심은 눈물 되어
바다로 돌아가네

올 때는
세상 것들 다 데려오고
소리마저 아프고

갈 때는
맥주인 양 거품만 남기고
도둑처럼 발자국만 데리고
소리 없이 돌아가네

물속의 문어는
바위틈에서 붙잡고 버티며
생사를 넘나드네

물속은 알 수가 없네
그냥 가지

겨울 안개

얼음장 같은
안개가 짙게
깔리자

새들은 울음을
멈추었다

울다가
목소리라도
베일까 봐
두려움으로
피어난다

얼음꽃이 피어나듯
봄결에 깔리던
아련함은
한설에 덮이고

세상은
겨울 안개에 덮인 듯

>

시선도 목소리도 베어 내어

이불 속을

떠나지 못하게

차가운 방바닥에

웅크리고

등진 채로

아련함만을

기다려 본다

끊임없이 파고드는

부서질 듯 깎아 내며
절벽 품에

엄마의 젖가슴에
안기 듯 파고든다

짠내에 절은 몸을
그늘에 눕혀
칭얼거리며 보채 본다

세상 나들이를 시작하던
태곳적 파도가

빙하가 울고 있는
파도로 이어져
끊임없이 파고든다

구름 쌓인 절벽은
세월의 장인이
풍파를 손에 쥐고

요람을

우물을
아치를
만들고 다듬다

낮에 모아 둔
햇살과 달빛 조각들
포말을
버무려 허기를 달래고

포만을 맛보며
구름과의 합작을
이어 간다

울다 지친
아이의 눈물은
해풍에 실려
하얗게 자욱을 남기고
막연함 속으로 떠나간다

파도는 그렇게 또
처얼·썩 철썩

살맛 나는 세상을 위하여

차성환(시인, 한양대 겸임교수)

　홍병구 시인은 뜨거운 청춘의 열기를 보내고 남은 인생의 헛헛함을 마주한다. 지나간 시간을 떠올리고 곱씹으면서 회한에 젖기도 하며 그 가운데에서 소박한 삶의 깨달음을 발견한다. 그의 시에 바다가 자주 등장하는 것은 바다 자체가 우리 삶의 풍경이기 때문일 것이다. 거친 풍랑이 일다가도 곧 평화롭고 잔잔한 파도로 바뀌는 바다 위에 배 한 척이 떠 있다. 괴로움으로 끝이 없는 고해苦海와 같은 삶을 꿋꿋하게 헤쳐 나가는 우리의 모습이지 않은가. 폭풍우가 몰아치는 고통스러운 시간을 잘 이겨 낸다면 다시 눈부신 태양과 맑은 하늘이 펼쳐진 바다를 마주할 수 있는 시간이 찾아올 것이다. 그는 인생의 "파도를 다스리고 타는 법"(「해달의 긴 여정」)을 터득한 모양이다. 인생을 살아가면서 중요한 것은 꺾이지 않는 희

망이라고 말한다. '늘희망'(「늘희망 내 곁에서」)이라는 새말까지
만들어 내면서 이 세상이 얼마나 아름답고 살 만한 곳인지를
노래한다. 시집『첫사랑』은 우리의 소박한 삶 속에 바로 살맛
나는 세상이 숨어 있다는 진실을 보여 주고 있다.

밭에 사는 농작물은
발자국 소리에
죽순 크듯 자라고

논에 사는 벼들은
농부님 인사받고 자라고

세 들어 살고 있는
우렁이도 물방개도 미꾸라지도
집주인 눈치 보지 않고
맘껏 뛰놀며 살아가네

하지만 말 안 듣는 건넌방
드렁허리는 세도 내지 않고
개구멍은 다 뚫고 다니며
말썽만 피우니

집주인 허구한 날
뚫린 구멍 틀어막느라
성신이 없고

안주인은 데려다 방 빼라고
큰소리치네

시간 지나 모두들 고개 숙이면
세 살던 이들은 모두 떠나가니

쓸쓸하고 허전함에
이들을 기다리는
그리움으로 남는구나

—「그리움에 추억하고」 전문

　이 시는 어린 시절에 시골 농촌에서 경험했던 정답고 아련한 추억을 그려 낸 것으로 보인다. "밭에 사는 농작물"과 "논에 사는 벼들", 그 속에 "세 들어 살고 있는/ 우렁이도 물방개도 미꾸라지도", 세도 내지 않고 개구멍을 내면서 말썽만 피우는 "드렁허리"도 누구 하나 소외되지 않고 시골집에 사는 "집주인"과 "안주인"과 함께 다 한 식구처럼 살아간다. 그들은 이 시골집에 세 들어 사는 생명들이지만 "집주인 눈치 보지 않고/ 맘껏 뛰놀며 살아"가는 존재들이다. 사람의 발자국 소리가 밭의 농작물을 키우고 사람이 허리를 숙여 벼를 돌보면 "논에 사는 벼들은/ 농부님 인사받고" 자라듯이 이들은 사람들과 함께 공존한다. 서로에게 연결되어 있고 서로를 돌보고 서로를 살피는 관계이다. 그러나 점차 도시집중화가 이루어지면서 시골 농촌은 사라지고 이와 같은 정다운 풍경들은 사라지고 있다. 모든 생명들은 시간의 풍화를 이겨 내지 못하고 소멸해 간다. 어찌 보면 사람인 "집주인"과 "안주인"도 잠시 이 세상에 세 들어 사는 존재들일 것이다. "시간 지나 모두들 고개 숙이면/ 세 살던 이들은 모두 떠나"간다. 잠시 머물다 가는 인생은 "쓸쓸하고 허전함"으로 가득하고 그 마지막에는 정다운 이웃인 "이들을 기다리는/ 그리움"만 남는 것인지도 모른다. 이제는 사라진 가족들과 시골 풍경에 대한 그리움이 절절하다.

산속에서 피어 오르는
굴뚝 연기

집집마다
장작 위에 솔가지 얹어
가마솥에 솔 향 입힌
고슬고슬한 밥이

끓어 오르는 뜸 물에
쪽파 삼킨 달걀찜이

솥뚜껑 위로 맺힌 물은
또르르 흘러내리고

적사에 들러붙어
살을 태운 고능어가

밥상 위에 자리 잡고
우리 가족 입맛으로
숟가락 젓가락이
정신 없이 드나들며

행복한 저녁 아지랑이는
추억에 솟아나고
구수한 숭늉으로 피어 오른다
　　　　　　　　　　　―「깊은 산속 아지랑이」 전문

　깊은 산속에 사는 한 가족이 밥상에 머리를 모으고 먹는 행
복한 저녁 식사를 한다. 지금은 구경하기 힘든 "가마솥에 솔
향 입힌/ 고슬고슬한 밥"에 "끓어 오르는 뜸 물에/ 쪽파 삼킨
달걀찜"과 "적사에 들러붙어/ 살을 태운 고등어"가 저녁 식탁
에 올라온다. 단출하고 소박한 밥상이지만 "우리 가족 입맛"
에는 딱 맞고 "숟가락 젓가락이/ 정신 없이 드나"드는 이 저
녁 식사 장면은 지금 이 시대에 행복이란 무엇인지를 잠시 생
각하게 만든다. 물질문명과 자본의 광풍에 휘둘려 자신의 존
재를 잊은 채 살아가는 사람들에게 경종을 울린다. 우리의 행
복은 작은 밥상 위에 모여 앉은 가족 공동체에서 시작하는 것
은 아닐까. "구수한 숭늉"을 마실 때마다 "아지랑이"처럼 피
어오르는 깊은 산속에 사는 한 가족의 행복한 저녁 식탁이 떠
오를 것이다. 그리고 여기 또 다른 식탁이 있다.

오늘은 비빔밥이 먹고 싶다

근심이 늘어진 열무 가닥을
종종 썰어 넣고
세상에 가득 찬 불만을
살짝 데쳐 넣고

백이와 숙제의
절개 가득한 고사리도
조금 넣고

인생 매운맛
고추장 한 스푼에
써니사이드업 닮은 해를
터지지 않도록 얹어 놓고

마지막 나의 잘생김을
부셔 넣고 비비면
인생 비빔밥 되고

간이 필요 없는
새우 뛰노는 바닷물에

다시는 죄짓지 말라는
두부 썰어 넣고

굴속에 살고 있는
토끼 얼굴보다 뽀얀
굴 넣으면
두부젓국 되어

비빔밥과 함께 집 나간
입맛 붙잡아
살 오르는 소리 들려주네

중국 황제 1,088첩의
밥상을 비웃으며
보름달 방아 찧던 달 토끼네

방앗잎 얻어 와
한 쌈 가득 싸니
세상이 한 입 거리로
입 속에 들어오네

들어 있는 재료를
하나하나 음미하며
곱씹어 보네

—「비빔밥에 두부젓국」 전문

인생의 '비빔밥론'이라 부를 만하다. 시인은 살아가면서 겪
은 인생의 쓴맛과 단맛을 모두 다 섞고 버무려서 맛있는 비

빔밥을 내놓는다. "세상에 가득 찬 불만"이 서린 "열무 가닥을/ 쫑쫑 썰어", 마치 독성을 빼기 위해 "살짝 데쳐 넣고" "인생 매운맛/ 고추장 한 스푼"에 유머러스하게 "마지막 나의 잘생김"이란 김을 "부셔 넣고 비비면/ 인생 비빔밥"이 되는 것이다. 조금 아쉽다는 생각이 들면 살아가면서 "다시는 죄짓지 말라는/ 두부 썰어 넣고" 굴 넣은 "두부젓국"을 옆에 끼고 먹으면 된다. 비빔밥과 두부젓국은 "중국 황제 1,088첩의/ 밥상"도 부럽지 않은 훌륭한 한 끼 식사가 된다. "세상이 한 입거리"로 들어오는 이 소박한 밥상에는 인생의 여러 맛이 깃들어 있다. 시인은 세상과 자신의 삶을 성찰하듯이 이 음식을 "하나하나 음미하며/ 곱씹어 보"는 것이다. 이처럼 맛깔나는 밥상이 세상에 또 어디 있을까.

시냇물아 계곡아
누가 제일 좋으냐

여름은
재잘재잘 텀벙거리며
뛰노는 아이들의
살갗 내음이 좋고
수박화채 향이 다가와 좋다

가을은
단풍이 거울 보듯
내 몸속에 들어오고

송사리 잡겠다며
피리통에 풀어 놓은
된장 내음에 취해 좋고

겨울은
함박눈에 머리 베고
도란도란 얘기 나눌 수 있는
푹신함이 나를 눕히고
장작 속 군고구마의
탄 냄새가 좋고

봄은
새싹들이 화장시켜 보낸
꽃잎들의 향기에 취해
세수도 못 시키고
그냥 보내는
애잔한 마음에 그냥 좋다
봄이 좋다

다 내 맘 같아서

—「사계 계곡에 누워」 전문

　이 시는 산속의 "시냇물"과 "계곡"에게 봄, 여름, 가을, 겨
울 중에 어느 계절이 가장 좋으냐라는 질문을 던지고 그 답
을 써 내려가는 형식을 가지고 있다. 각 계절마다 고유한 "내

음"과 매력이 있기에 하나만 선택할 수 없고, 또 이 중에 한 계절도 포기할 수 없다는 고민 아닌 고민에 빠진다. "여름"을 느끼게 해 주는 "아이들의/ 살갗 내음"과 "수박화채 향", "가을"에는 "단풍"이 물들고 "송사리 잡겠다며/ 피리통에 풀어 놓은/ 된장 내음", "겨울"에는 "함박눈"과 "장작 속 군고구마의/ 탄 냄새", "봄"에는 "꽃잎들의 향기". 모두 다 계절의 아름다움과 그 속에서 마음껏 누릴 수 있는 소중한 감각들이다. 홍병구 시인은 인간과 자연이 분리되어 있지 않고 함께 어우러져 있는 풍경을 그려 낸다. "구름 낀 하늘이/ 얘기할 동무 찾아// 먹구름 불러 빗방울로/ 우리 집 유리창에 찾아오"고 이들을 "오랜 동무를 만난 기쁨"(「찾아온 빗방울과」)으로 반기는 모습을 통해 천진난만한 시심詩心을 보여 준다. 그의 시詩에서는 "돌고래도 거북이도/ 하물며/ 날다 지친/ 알바트로스도"(「파도 위에 함께 드러누워」) '나'의 오랜 친구가 된다. 시인은 물질문명이 아니라 있는 그대로의 자연 속에서 행복을 느낀다. 이곳 자연이 고통받는 현대인의 삶을 치유해 줄수 있는 유일한 안식처라고 이야기한다. 자연은 삭막한 도시에서의 우리 삶에 잠시 휴식을 안겨 주고 치유를 경험하게 해 준다.

벽과 벽 사이
건물과 건물 사이

숨었다가 돌아오는지

시간을 타고 오는지

한여름 동굴 속
냉장고 바람처럼

흘린 땀 식혀 주는
여름 탄광의
서늘한 바람처럼

식어 가는 땀 냄새에
꽃잎 향기 묻혀서
목덜미에
슬그머니 휘돌아 주고

깁스로 목발 짚고
가시는 님
겨드랑이 속으로
자주 못 갈아 살 물러진
아이의 기저귀 속으로

파지 가득 싣고
리어카 끄시는
어르신의
땀 흘리는 이마에도

사이 바람 택배 불러

바람 보내니

도착한 바람은

고슬고슬해지고

뽀송뽀송해질 때까지

돌고 또 돌다

한기 들기 전에

필요한 곳 찾아

배달을 떠나네

참 고마운 바람

시원함과 향기로움을 전하려

어디에나 어디서든

도시의 한 모퉁이에서도

—「모퉁이에서도」 전문

　삭막한 도시에도 어디선가 자연의 "바람"이 불기 마련이다. 에어컨이나 선풍기 바람과 같이 인위적인 바람과는 다르게 우리가 알지 못하는 곳에서부터 불어온다. "벽과 벽 사이/ 건물과 건물 사이"에서 "한여름 동굴 속/ 냉장고 바람처럼// 흘린 땀 식혀 주는/ 여름 탄광의/ 서늘한 바람처럼" 도시에서 멀리 떨어져 있는 자연의 깊숙한 곳에서부터 우리에게 오는 것이다. 그것은 "꽃잎 향기"가 묻어 있고 우리에게

"시원함과 향기로움을 전하"기 위해 온 존재이다. "깁스로 목발 짚"는 사람에게나 기저귀를 "자주 못 갈아 살 물러진/ 아이"에게 혹은, "파지 가득 싣고/ 리어카 끄시는/ 어르신"에게 이들이 잠시 시원함을 느끼고 힘을 낼 수 있게 다가오는 것이다. 인공적인 건물들로 빽빽하게 들어선 도시 한복판에도 어느 "한 모퉁이"에서는 희망의 "바람"이 머물고 있다. 지치고 힘든 인생의 기로에서 잠시 고통을 잊게 해 주는 "바람". 그 바람의 존재를 온전히 느끼는 것이 진정한 삶이고 행복으로 나아가는 길이다.

먼 하늘만 보고 산 지 오래다

머리 위 하늘은
늘 나를 외면하고
토라져

모자 차양 밑에 가려져
끊긴 대화는
길을 잃었지만

풀밭에 눕고
모래사장에 누워 보는
찡그려지는
쨍쨍한 하늘도 좋다

내 곁에서
환하게 웃고 인사하는
늘희망이라는
벗이 있어 더 좋다

길 한복판에
쓰러져 가물거리는
하늘도
늘희망이 있어

그럼에도
살 만한 세상이라 더 더 좋다

—「늘희망 내 곁에서」 전문

사람들은 현실의 삶에서 뜻대로 일이 이루어지지 않을 때,
그 막막한 삶에서 벗어나고픈 마음에 먼 하늘을 보는 경우가
있다. 이 시의 '나'도 지금의 세상과 지금의 삶이 어딘가 못마
땅한 모양이다. 나를 알아줘야 할 "머리 위 하늘은" 도리어
"늘 나를 외면하고/ 토라"진 상태이다. 모든 것이 뜻대로 되
지 않아 내가 할 수 있는 일이 "풀밭에 눕고/ 모래사장에 누
워 보는/ 찡그려지는/ 쨍쨍한 하늘"에 불과하더라도 이 모든
것이 좋을 수 있는 이유는 바로 '나'의 곁에는 "늘희망"이 있
기 때문이다. "늘희망"은 언제나 항상 희망이 있다는 뜻을 강
조하기 위해 만든 신조어이다. "늘희망"은 '나'의 유일한 "벗"
이고 우리로 하여금 "살 만한 세상"을 꿈꾸게 하는 것이다.

'희망'이라는 단어로는 부족하기에 '늘'을 접두사처럼 붙일 수 밖에 없는 것은 시인이 가진 삶의 희망에 대한 강력한 요청에서 비롯된다. 희망이 요원해 보이고 무력한 현실에 빠져 있더라도 "그럼에도/ 살 만한 세상"이 있다는 것을 잊지 않게 하기 위함이다. 희망이 없더라도, '그럼에도' 희망이 있다는 것을 증명해야 한다는 무한한 생의 긍정을 보여 주고 있다.

홍병구 시인은 "아등바등 치열했던/ 시간들"과 "아름다운 지난날을/ 숨차게 달려온 흔적들을// 문방구의 판박이로 문질러/ 기억에 새겨 본다/ 지울 수 없는 문신처럼"(「후회보다는 그리움으로」)이라며 과거의 시간을 떠올리며 자신의 삶을 성찰한다. 그는 "사람들의 마음에/산이 산다// 누구는 절경으로/ 누군가는 절벽으로// 산에 오르는 마음이다"(「노을 등지고 서다」)라며, 인생을 "산에 오르는 마음"으로 비유하고 있다. 그런데 이 살아가는 일을 누군가는 아름다운 "절경"으로 받아들이고 누군가는 자칫하면 떨어져 죽을 수 있는 "절벽"으로 경험한다. 마치 어떤 삶을 선택할 것인가를 우리에게 묻고 있는 듯하다.

화무십일홍花無十日紅이라고 하듯이 열흘 동안 붉은 꽃은 없고 태어난 것은 반드시 스러지기 마련이다. 시인은 우리의 삶을 "화려한 색깔 입고 하루 살다 지는 생"(「고목의 꽃」)으로 바라보고 이 "인간의 길고도/ 짧은 여행"(「나의 여행이 곧 인생 여행」)을 어떻게 살아야 하는지를 깨닫는다. 있는 그대로의 자연의 모습과 마찬가지로 있는 그대로의 '나'를 무한 긍정하

면서 욕심 없이 소박하게 살아가는 생의 아름다움으로 나아
간다. "두꺼운 껍질 속에서/ 설렘에 방망이질 치는/ 기다림
이 좋고// 꽃망울을 터트리기 전/ 향기를 내 몸 안에/ 온전
히 품고 있는 게 좋다// 나의 향기에 취해 사는 게 너무 좋다"
(『이파리 눈을 만나다』). 자기 안에서 움트는 생명의 향기를 만끽
하는 삶. 그것은 "누군가의 관심을/ 끌려는 것도 아니다// 묵
묵히 그냥 나로/ 사는 것일 뿐"(『먼지가 행복해하는 것』). 시인이
바라는 삶은 무념무상無念無想과 무욕無欲으로 자신의 존재 그
대로를 긍정하는 것이다. 자연이 거기 있으므로 우리는 자연
을 누리면 된다. "흙에서 태어났으니/ 흙 될 준비 하고/ 왔으
면 좋겠네요// 모두 함께 살아가는/ 행복한 곳이니까요"(『흙
에서 흙으로』). 그런 의미에서 그가 가장 닮고 싶은 시인은 "막
걸리 한잔에/ 시와 인생을/ 안주 삼아 줄 지인과/ 마주치길
바라는/ 천상병 시인"이지 않을까. "수많은 사연들과/ 가지
각색 꿈들을/ 대포 한잔에 잊기도/ 이루기도 하는/ 마법 같
은 시간되어" "그리운 옛 시절/ 꿈꾸던 하루하루를/ 막걸리
한잔에 혼탁한 세상을 섞어서/ 들이켜"(『가지각색의 꿈을 꾸던 그
곳』) 보는 것이다. 시인은 잃어버린 옛 시골 자연의 풍경을 떠
올리고 모든 생명이 한데 어우러지던 세상을 꿈꾼다. 이제는
점점 사라지는 정겨운 가족의 식탁 풍경을 불러오고 자연의
아름다움을 노래한다. 그의 시를 읽는 것만으로도 우리의 삶
은 따뜻해지고 풍성해지리라. 우리 모두 신명 나고 살맛 나
는 세상을 위하여!

천년의시인선